Heinz Kattner
Worin noch niemand war

Heinz Kattner

Worin noch niemand war

Gedichte

Zeichnungen
Lothar von Hoeren

Postskriptum

I

„Turmsegler mit den zu großen Flügeln, der da kreist und schreit seine Freude rings um das Haus. So ist das Herz."

René Char

Versteinerung

Für Lothar von Hoeren

In Granit
gewachsen
und glänzend
erstarrt
Geschöpf ohne Spiel

Jäger und Sammler
selbst
Gejagter seiner Geschichte
unscharf bewußt
schon felsverwandt

Aufwachen in der Bahn

Auf dem Weg nach Hause
über Schotter, darin liegt
der Körper, streckt sich
als wäre dieses Dahineilen
für immer und vergeblich.

Nicht diese endlosen
Mauern mit Fenstern
steingrau neben der Strecke.

Nur die Fahrt, manchmal
im Pfeifton, der warnt
der Gedanke: ankommen.

Gleichmäßiger Herzschlag

Heute morgen kommt Licht
Aus den Wiesen und die
Wolkendecke steht weiß
Darüber

Die Fläche aufgehellt
Vom Schnee in dieser Nacht

Himmel und Erde sie
Ruhen
Als wären sie versöhnt
Plötzlich

Ein schwarzes Geflatter
Krähen. Woher. Wohin

Auskunft

Van Goghs Briefe
seitenlang die Erklärung
Ich bin anders

Das Schwerste, die innere
Arbeit, wie sich das häuft
Außen keine Bewegung

Aber alles fühlen müssen
was man sieht, dauerndes
Leid, die wenigen

Augenblicke der Freude
und das glühende
Ja

Ausgestellt

Für Yves Legros

Das frühe Bild gezeichnet
im Bewußtsein aller
künftigen Wiederholungen

Immer ist das Meer
nicht sichtbar anwesend
in Wellen als tiefer Schlaf

Was wird da aufgewühlt
grundlos und kein Wort
dafür, nur Bewegung

In ihr schreit der Körper
hochgeworfen, getragen
abgestürzt. Seit es uns gibt

gleichen wir uns im Lauf
im Sprung, im Schlag
auch in der Umarmung

Schon in den ersten Entwürfen
in Höhlen auf Stein, als wäre
jeder gegenwärtige Augenblick

ferne Erinnerung.

Lebenstage

Und las in der Zeitung
Uwe Johnson starb
Plötzlich
Neunundvierzig Jahre alt

Und harkte Blätter
Steckte kleine Haufen
In Brand
Sah Laub in Flammen

Und stützte mich auf
Die Schaufel, umhüllt
Von Rauch
Der nach Erde roch

Erwachen

Über dem Wald Raketen, gelähmt
warte ich auf den Lichtblitz.

Dann wach und aufrecht
im Bett
Brust, Kopf, ich bin noch
und das Herz rast.

Draußen Vögel im Wind
Das Fenster aufmachen
Luft, Luft, Luft jetzt
Wasser im Bad und genau
ansehen: das Gesicht im Spiegel.

Photo in der Zeitung

Für Guntram Vesper

Eine der vielen Seiten aus dem
Dunkel der Geschichte und der Augen
weit zurückliegend, so siehst du
in das von dir Geschriebene, hindurch
in das über dich Geschriebene und
tiefer, die schwarz-weiße Ebene
verlassen, mit der Glut auf der
hinteren Hälfte des Auges in dich
das Tiefste, denn wo hört das auf
und wie kommst du wieder
zum Vorschein.

Feldstück abseits

Für Brigitte Hein

Dein lautloses Rufen
Könnte es doch gut sein
Mit dem Lächeln, das liegt
In den Farben.

Abgewandt beugst du dich
Mit den Halmen und fragst
Mit dem laufenden Wind
Wonach, wohin.

Das Lächeln lockt und blüht
Als wäre die Sonne nicht
Verschwunden hinter dem Hügel
Im blaugrünen Dunst.

Darin geht sie erst auf
Verwandelt nähergerückt
Hinein in die Verhältnisse
Die Dornen tragen, still.

Du berührst dabei den
Augenblick kopfüber und
Erinnerst an diesen Ort
An dem noch niemand war.

Nachtstraßen

In den Häusern liegen
neben den Schlafenden die
Träume bereit

Die, die ganz bei sich sind
ohne Bewußtsein ihres
hingestreckten Körpers

Begleitet vom Geräusch
der Züge
in der Ferne

Das die Schlafenden
willenlos Durchziehende und
an ihnen Vorbeiziehende

Drehbuch

Das Nachtgewand der
Jeanne Moreau
weht in meinen Traum

Ihr letzter Satz:
Ich habe Angst
aber ich bereue nichts

ist mein erster Gedanke
morgens schwer
bevor ich packe

Liebende nehmen
außer sich
nichts mit

Nach dem Lesen eines Briefes

Die Erde rührt sich nicht
Fest liegt der Himmel auf ihr
mit schwerem sichtbarem Atem

Die Bäume stehen
erstarrt nebeneinander
Plötzlich am Waldrand ein Reh

Ein Lebenszeichen
auf der Flucht
und ich erneut verlassen

Traumarbeit

Der weiße Vogel
wendet jedes Blatt
Pappel in Silber
schweigt vertraut

Lautlosflügel
fliegen Trostkreise
über Kinderangst
über Alltäglichwunden

Federwolken blühen
in seinen Augenringen
baut er ein Sturmloch
bewegt sich kein Schrei

In freien Nächten
verläßt er den Traum
eilt unerkannt
zu dem geliebten Raben

Ansichtskarte vom Meer

Ruhig liegen die Falten
auf mir und weit
in den Horizont blickt
das Bekannte bis unter
fremde Himmel

Nachts finde ich
Spuren von mir die sind
morgens verwischt
mit dem Meer allein
das weiß ich tief

Welle um Welle
treibt die Flut
mir Müll und Trümmer
von Algen bewachsen
vor die Füße

Auf der Rückseite von Magritte

Unbeschädigt aufgehen
in Sand und Himmel
unten nach unten
oben nach oben
ohne Blick Weite
geworden ohne Bewegung

Unter dem Nabel die
Dünung der Hüfte
im Strandschoß
verschlossenes Sonnental

Darüber Brüste in blau
Schultern gewölbt
für immer Sehnsuchtslippen

Bist du die Taube
trauerst um Jahre
wolkenweiß

Baust dir kein
Nest nur eine
Bleibe am Hals
der Geliebten

Drüberhin

Im Licht der Scheinwerfer
Eichenblätter auf dem
nassen Asphalt.

Bei Regen überqueren hier
Frösche die Straße.
Viele aufgerichtete Leiber.

Eichenblätter sage ich
die der Wind ruckweise
unter die Räder treibt.

Abseits und über der Zeit

Rhododendronträume zum Anfassen
In der Blüte wohnen
Im Duft des Apfelbaumes
Vollkommenheit ahnen
Wo die Krone fast die Erde berührt
Welche Erkenntnis

Die Nachtigall singt nur zeitweise einsam
Ungestört wiegen sich Gräser
Alle Farben vertragen sich
Nachts reinigt der Wind leise die Luft

Auch der Mensch ist hier Landschaft
Im Lichtbogen der Sonne

Weit geht der Blick über die Welt
Der Fluß strömt außerhalb
Entfernt ziehen unten stetig Schiffe vorüber
Bis zum Rand beladen mit Alltag

Abgewandt

Ob das Ende so ist wie die Angst davor
Plötzlich gehörst du nicht mehr dazu
Wieviel wiegt, wenn alles abgefallen ist
Das Gewesene. Es muß in einem Seufzer
Aufgehoben sein, und die Erinnerung
Ein kühlender Schatten auf der Stirn
Aber die Faust aufmachen, das Schwerste
Nichts mehr in der Hand zu haben.

Neonherz

Die Nacht am Rand des Wassers
auf der Millioneninsel
Lichtflecken in den geschlossenen
Augen, wie sie das beleuchtete
Leben auf der Oberfläche
hinterläßt

Im Wartenden lärmt und
schmerzt das Herz der großen Stadt

Erst mit dem Grau am Morgen
schlägt es ruhiger. Jetzt
öffnet er müde die Augen
Regen weht über den See
mit einem feinen Klingen

Ende der Schonzeit

Der Hase kauert
Am Feldrand
Entdeckt
Mein Herz
Schlägt Haken

Hier oder in Rom

Für Domenico

Über den Straßen
Bricht jetzt der Himmel
Auf und darunter
Stürzen Eilende
Mit leeren Herzen

II

„In Träumen habe ich alles erreicht. Ich bin freilich aufgewacht, aber was macht das schon aus?"

Fernando Pessoa

Für

Unter welchem Baum liegen wir
Nackt und ohne Erkenntnis
Im Kopf sonnt sich der Tag nicht
Wie in Erzählungen von früher

Wie weit dein Schoß
In die Wiese reicht
Lichtflecken baden im Geruch
Von Liebe stöhnst du
Im Schlaf warum fehlt
Hier der See der Schwan
Will sich im Wasser sehen

Unter meinem Kopf
Ein Stein groß wie das Brot
In der Tasche noch warm
Dein Leib mein Leib noch

Schließ ich die Augen seh ich
Über der Krone im Laub
Ein Menschenhaus was Wurzeln hat
Das soll auch schweben können

Für diesen Baum einen Wald
Für den Schwan einen See
Und für und für
Ein Haus

Ahnung

Mit meinen Lippen
kreise ich um deine
Lebenslinie zuversichtlich

Anders in der Nacht da
formten wir Eisstücke aus
Gedanken die legten wir
uns gegenseitig ans Herz

Heute sind die Tränen wieder
warm unsere Stimmen
vor dem Haus verschluckt
von der Schneeluft

Wir lassen uns aus dem Arm
winken wie im Film wo die
Kamera dann in die Sonne schwenkt

Später höre ich
die Wettermeldung
Weitere Abkühlung angesagt

Nachgedacht

Der gewundene Weg
macht unseren Abschied
kurz, du bleibst nah.

Auf dem geraden
gehst du kleiner werdend
nicht mehr erkennbar
am Horizont verloren.

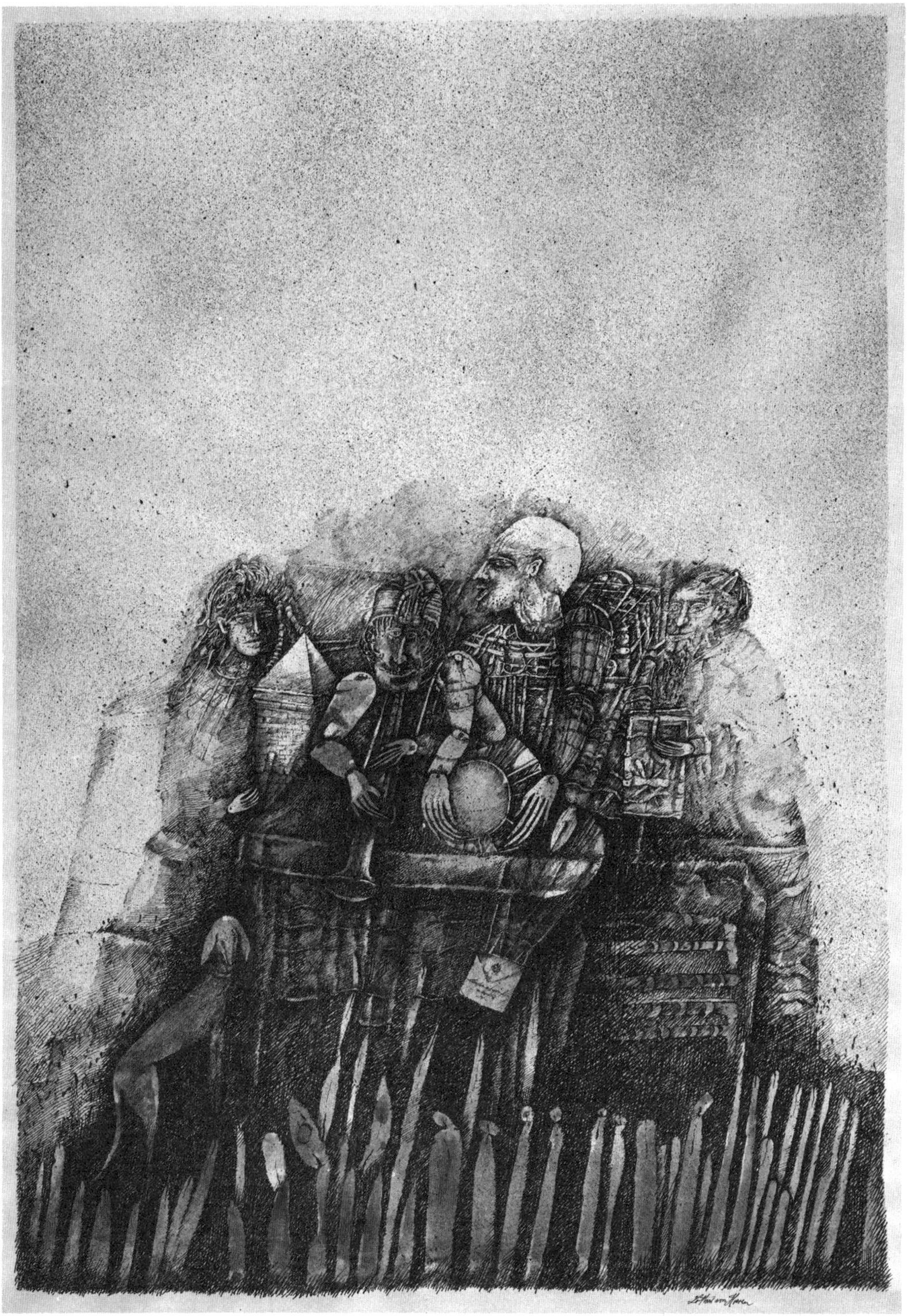

Warten im Moor

An diesen Baum gelehnt
Stumm und allein

Die Liebenden die Täter
kehren immer zurück
als hätten sie etwas
verloren

Sommertag

Ein Tag am Meer
Da sah ich dich nur
als Punkt in den Wellen
Und in mir wie Flut
die Angst

Das Verschwinden von einer
Minute zur anderen
verloren

Plötzlich stehst du
vor mir

Jetzt gibt es Salzküsse
Aber die Hand auf der Brust
kann das flatternde Herz
nicht beruhigen

Später Duft

Noch ist der Himmel blau
über den scharfen Kanten der
Dächer, aber die Häuser
schon schwarzes Gebirge

Auf dem Fensterbrett leuchten
Rosen weit geöffnet mit weichen
Köpfen und blaß die Unterseite
der innen noch blutroten Blüten

Es gibt verschiedene Weisen
zu schweigen. Die eine erfüllt
Der anderen fehlt soviel, daß mit
jedem Blick die Leere sich ausdehnt

Ich werde mit einer der
welkenden Rosen kommen
schnell mit der verlöschenden
Glut durch die Nacht

Blicke

Katzenpfoten
Spuren eingewebt
in deinen Rock
in meine Augen
leise leise
um dich herum
sammeln sich alle
in deinem Schoß
schnurre ich schon
in der Nacht
wo doch alle grau sind

Zeichen

Ich legte dir eine Rose
vors Haus, die Woche zu teilen
mit dem alten Zeichen.

Wer konnte das wissen:
eine Frostnacht mit Schnee
Kinder, die staunten und
steckten dem Schneemann
die Blüte ins Herz.

Am Sonntag dein Blick
an mir vorbei, so schnell
sagst du, ist Winter geworden.

Ich legte dir eine Rose
vors Haus. Ahnte ich nicht
was ich da tat, schon
mit Handschuhen und
kalten Füßen.

Unwegsam

In der Bahnhofshalle
sah ich dich warten.

Die Wärme unter unseren
Mänteln und der Glaube
daß dauernde Nähe
möglich sei.

Die Paare, die uns begegneten
halfen jedem
in sein Alleinsein zurück.

Warten

Rotdorn ein später Traum
und begehre noch immer
Was liegt zwischen dem Duft
und meinen Schritten
Akazien
leuchten in alle Winkel
Jede Blüte reißt Wunden auf
Du kennst mich und wartest
bis ich mehr über mich weiß

Aber ich habe mein Ohr an der Tür
und höre nur dein klopfendes Herz

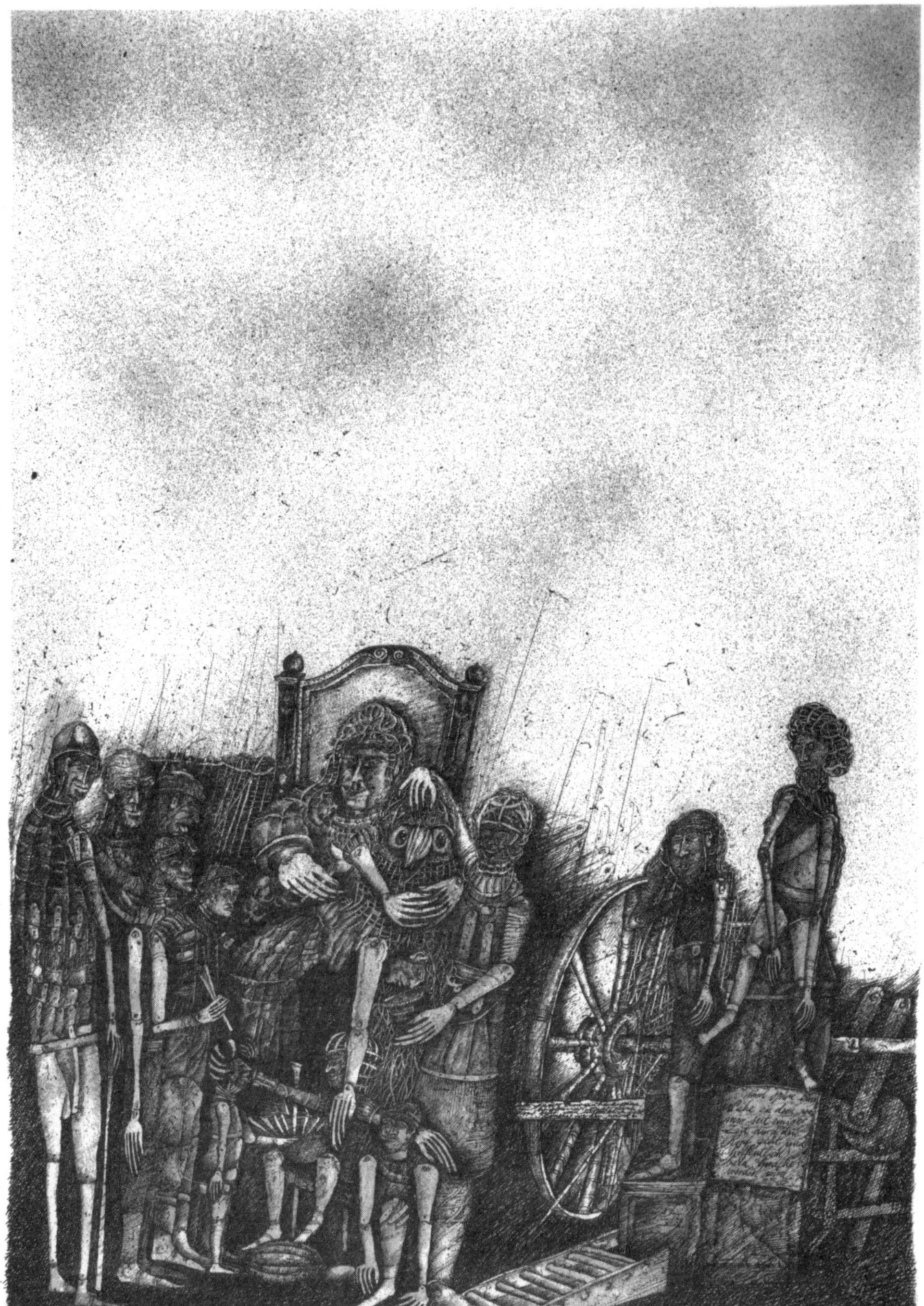

Besuch

Du wohnst nicht mehr in
deinen Augen du bittest
mich herein hattest die
Tür in der Hand bevor
ich klingeln konnte

Es geht dir gut wie
dich das anstrengt so
ein Satz mit den Händen
hochgeworfen und fällst
im Sessel zusammen

Siehst du meine Augen
funkeln noch wie früher
sagst du und ich merke
wie du die Kerze
zwischen uns rückst

Der Wein funkelt auch
noch wie früher sage ich
bemühe mich zu lächeln
und trinke schneller
du legst eine neue Platte auf

Abschied

Sternschnuppen sagst du
Funken springen
glimmen noch eine Weile
vor dem Feuer
behutsam hebst du sie auf
und schwarz schon gleich
liegen sie in der
silbernen Schachtel

Wofür sammelst du
Asche

Inhalt

I

Versteinerung	6
Aufwachen in der Bahn	8
Gleichmäßiger Herzschlag	9
Auskunft	10
Ausgestellt	11
Lebenstage	12
Erwachen	14
Photo in der Zeitung	15
Feldstück abseits	16
Nachtstraßen	17
Drehbuch	18
Nach dem Lesen eines Briefes	20
Traumarbeit	21
Ansichtskarte vom Meer	22
Auf der Rückseite von Magritte	23
Drüberhin	24
Abseits und über der Zeit	25
Abgewandt	26
Neonherz	28
Ende der Schonzeit	29
Hier oder in Rom	30

II

Für	32
Ahnung	33
Nachgedacht	34
Warten im Moor	36
Sommertag	37
Später Duft	38
Blicke	39
Zeichen	40
Unwegsam	41
Warten	42
Besuch	44
Abschied	45

Heinz Kattner

1947 in Hildesheim geboren. Lebt als Schriftsteller in Leestahl bei Lüneburg. Mitglied im Verband deutscher Schriftsteller. Neben verschiedenen Lyrik-Graphik-Editionen zahlreiche Veröffentlichungen in Anthologien und Zeitschriften sowie Arbeiten beim Rundfunk. Zuletzt die Gedichtbände „Wetterleuchten" (1982), „Unauffälliges Zittern" (1984), „Einfache Dinge, Menschen und große Namen" (1986). Verschiedene Auszeichnungen.

Lothar von Hoeren

1944 in Hannover geboren, in Hildesheim aufgewachsen. Studium an der Hildesheimer Werkkunstschule (Graphik Design bei Prof. Paul König) und an der PHN/UNI Hannover (Kunst bei Prof. K. Kowalski).
Seit 1967 Beteiligung an Gruppen- und Einzelausstellungen im In- und Ausland, unter anderem:
Frankenburger Kulturtage (Frankenburg/OÖ), Salzburg, KLEINE GALERIE – Gesellschaft der Kunstfreunde (Wien), 32e Salon de Peinture (Vanves/Paris), Musée Postal (Paris), »L' amérique aux indépendents« – Grand Palais (Paris), Salon Violet (Paris), »Salon d'Automne« – Grand Palais de Champs Élysées, 1980, '81, '82, '83, ... (Paris); Loge „Friedrich zum weißen Pferd" (Hannover), Museum für das Herzogtum Lüneburg, Theater am Aegi (Hannover), Stadttheater Hildesheim.
Arbeiten in privatem und öffentlichem Besitz.

Erstausgabe
Copyright 1987 by
Postskriptum Verlag, Annenstraße 8, D-3000 Hannover 1

Von dieser Ausgabe erscheinen 500 als numerierte Exemplare, die von Heinz Kattner und Lothar von Hoeren signiert sind. 120 römisch numerierten Exemplaren liegt ein Faltblatt mit einem Gedicht von Heinz Kattner und der Einband-Graphik von Lothar von Hoeren bei, das exklusiv für die Galerie Wildeshausen signiert wurde.

Gesetzt in der Garamond Antiqua. Gedruckt auf einem gerippten Büttenpapier 125 g/m², der Hahnemühle.
Für den Umschlag wurde ein geripptes Bütten-Werkdruck-Papier, 90 g/m², verwendet.

Lektorat und Gestaltung: Hugo Thielen
Gesamtherstellung: RGG-Druck, Braunschweig
ISBN 3-922382-36-3

Nummer 453/500